COLLECTION DE FEU M. LE MARQUIS DE ***

TABLEAUX

ANCIENS ET MODERNES

DESSINS

OBJETS D'ART & DE CURIOSITÉ

LA VENTE AURA LIEU

A MONTPELLIER LE JEUDI 5 MAI 1870

et jours suivants

Exposition le lundi 2 et mardi 3 mai 1870

DE MIDI A 5 HEURES DU SOIR

Me LAZUTTES, commissaire-priseur, rue de l'Hirondelle, à Montpellier

M. DAUMAS, expert, rue Sainte-Foy, à Montpellier

MONTPELLIER

IMPRIMERIE TYPOGRAPHIQUE DE GRAS

MDCCCLXX

AVIS

La Collection importante de Gravures et Estampes, provenant du même Cabinet, et composée, en exemplaires de choix, des œuvres des principaux maîtres du XVme au XIXme siècle, ne sera pas mise aux enchères.

S'adresser, pour traiter de la vente en bloc et à l'amiable, ou pour tous autres renseignements, à l'expert désigné dans le présent Catalogue.

Aux mêmes conditions, se trouvent également en vente divers grands ouvrages sur la conchyliologie : Reeve, Sowerby, Martyns, Kiener, de Lamarck, etc.

TABLEAUX

APPIANI

(LE CHEVALIER ANDRÉ)

1 — Portrait de la signora Grassini, célèbre cantatrice. — Ce portrait a été offert à Denon par Appiani.

Haut. 20 cent., larg. 14 cent. — Bois.

BESCHEY

(JEAN-FRANÇOIS)

2 — Marché hollandais près d'un port de mer.

Haut. 49 cent., larg. 72 cent. — Bois. (Signé J.-F. Beschey.)

3 — Marché dans un village de Hollande.

Haut. 49 cent., larg. 72 cent. — Bois. (Signé J.-F. Beschey.)

BOUCHER

(FRANÇOIS) — (*attribué à*)

4 — Une petite fille entoure la tête d'un mouton d'une guirlande. — Ébauche (ovale).

Haut. 45 cent., larg. 37 cent. — Toile.

BOURDON

(SÉBASTIEN)

5 — Portrait de femme (ovale). La tête est coiffée d'un voile blanc rayé, tombant sur les épaules, costume Louis XIV.

Haut. 72 cent., larg. 58 cent. — Toile.

6 — Portrait de femme (ovale), en costume Louis XIV.

Haut. 72 cent., larg. 58 cent. — Toile.

7 — Portrait de la marquise de Ganges, aussi célèbre par sa beauté que par ses malheurs. — Coiffée à la Sévigné, le cou orné d'un collier de perles, la jeune femme assise se présente de trois quarts, vêtue d'une robe blanche bordée de dentelles et recouverte d'un manteau bleu ; la figure se détache sur un fond de draperie rouge. A gauche, on aperçoit un fragment de paysage rappelant les horizons montagneux du midi de la France.

Haut. 1 mètre, 30 cent. larg. 92 cent. — Toile.

BRASCASSAT

(JACQUES-RAIMOND)

8 — Esquisse. A gauche, un taureau noir et blanc se frotte la tête contre un tronc d'arbre ; à droite, un petit chevreau blanc est couché.

Haut. 32 cent., larg. 40 cent. — Toile. (Signé R. Brascassat, 1833.)

BRIL

(PAUL)

9 — Deux paysages.

Haut. 15 cent., larg. 21 cent. — Cuivre. Sur le verso de l'une des deux plaques se trouvent gravés en creux les monogrammes P. V. B. et la date 1615.

CHAMPAIGNE

(PHILIPPE DE)

10 — Le Vœu de Louis XIII : esquisse du tableau qui est à Notre-Dame de Paris. A gauche, le roi Louis XIII, agenouillé et couvert du manteau royal fleurdelisé, présente son sceptre et sa couronne à la Vierge de Douleur, assise au pied de la Croix et tenant sur ses genoux le corps de

son divin Fils, dont le bras est soutenu par un petit ange qui pleure. En haut du tableau, à gauche, groupe d'anges.

Haut. 59 cent., larg. 48 cent. — Toile.

COQUES

(GONZALÈS) — (*attribué à*)

11 — Portrait d'Henriette d'Angleterre.

Haut. 19 cent., larg. 15 cent. — Cuivre.

COYPEL

(ANTOINE) — (*attribué à*)

12 — L'Annonciation.

Haut. 51 cent., larg. 29 cent. — Bois.

DIETRICH

(CHRISTIAN WILHELM)

13 — Le Petit Joueur de trompette. — Un jeune enfant à figure souriante et le cou entouré de fourrures tient une trompette à la main. (Provenant du cabinet Wille.)

Haut. 18 cent., larg. 14 cent. — Bois.

DREUX

(ALFRED DE)

14 — Épagneul blanc et orange, couché.

Haut. 15 cent., larg. 21 cent, — Toile (Signé de Dreux.)

DROLLING

(MARTIN)

15 — Scène d'intérieur. — Dans un intérieur de ferme, deux petites filles jouent auprès d'un chien en arrêt devant un chat perché sur une lucarne ; auprès d'elles, un panier renfermant des fruits. Leur mère, qui se montre à gauche, leur jette une pomme.

Haut. 30 cent., larg. 38 cent. — Toile. (Signé Drolling, 1793.)

FRANCIS
(G.)

16 — Lion couché dans son antre.

Largeur 23 cent., haut. 18 cent.—Toile. (Signé Francis, 1834.)

GÉRICAULT
(J.-L.-A. THÉODORE)

17 — Étude de tête, Bull-Dog.

Larg. 37 cent., haut. 27 cent. — Toile. (Signé G.)

GIORDANO
(LUCA)

18 — Le prophète Nathan devant David. — Le roi, assis sur son trône, la tête appuyée sur la main gauche, semble écouter avec la plus vive surprise un vieillard à barbe blanche, qui parle en gesticulant avec animation.

Larg. 1 mètre 12 cent., haut. 78 cent. — Toile.

GRIMOU
(ALEXIS)

19 — Le Joueur de flûte. — Un jeune enfant coiffé d'une toque violette avec plume blanche regarde le spectateur, en s'apprêtant à jouer de la flûte.

Haut. 78 cent., larg. 64 cent. — Toile.

GRYEFF OU GRIFF
(ADRIEN le jeune)

20 — Combat de coqs.

Haut. 36 cent., larg. 33 cent. — Toile. (Signé A. Gryeff.)

HAMILTON
(PHILIPPE-FERDINAND VAN)

21 — Renard, oiseaux et attributs de chasse.

Haut. 37 cent., larg. 34 cent. — Toile. (Signé P. Hamilton, 1726.)

HERGENRODER

(C.-H.)

22 — Un convoi dans un défilé. — Plusieurs personnages à pied, à cheval et sur un fourgon, traversent un défilé au milieu de rochers, dans un paysage boisé.

Larg. 20 cent., haut. 14 cent. — Bois. (Signé Hergenroder, 1786.)

ISABEY

(EUGÈNE-LOUIS-GABRIEL)

23 — Jeune femme portant un petit chien dans ses bras.

Haut. 15 cent, larg. 12 cent. — Toile. (Signé E. J.)

JANSON

(H.)

24 — Dans une ville de Hollande, par un temps de neige, des patineurs se livrent à leurs exercices favoris.

Larg. 34 cent., haut. 28 cent. — Bois. (Signé Janson, 1777.)

JILIBERT

25 — Un berger gardant un troupeau de moutons.

Haut. 10 cent., larg. 14 cent. — Bois.

JOUVENET

(JEAN)

26 — La Descente de croix.

Haut. 1 mètre 02 cent., larg. 70 cent. — Toile.

LANCRET

(NICOLAS)

27 — Buste d'une jeune femme en costume de l'époque.

Haut. 22 cent., larg. 17 cent. — Bois.

LEDIEU
(PH.)

28 — Cheval blanc à l'écurie.

Larg. 40 cent., haut. 33 cent. — Toile. (Signé Ledieu.)

29 — Chiens courants, sur une voie.

Larg. 65 cent., haut. 36 cent. — Toile. (Signé Ledieu.)

30 — Hallali.

Larg. 65 cent., haut. 46 cent. — Bois. (Signé Ledieu.)

LESCOT
(Mme HORTENSE-VICTOIRE HAUDEBOURT)

31 — Louis XIII, la Reine et Mme d'Hautefort.— Cette scène, si souvent reproduite, est rendue avec esprit. Le portrait du roi est copié sur la peinture de Porbus.

Haut. 32 cent., larg. 26 cent. — Toile. (Signé H[e] Lescot.)

LOCATELLI ou LUCATELLI
(ANDRÉ)

32 — Paysage. — Une ruine sur un rocher ; au bas, une rivière sur le bord de laquelle des pêcheurs tirent leur filet.

Larg. 64 cent., haut. 46 cent. — Toile.

LOO
(CARLE VAN)

33 — Bethsabée et David. — A droite du tableau, Bethsabée vient de sortir du bain. Enveloppée d'un léger vêtement et assise sur un coussin de soie pourpre, au bord d'un bassin, elle appuie sa main gauche sur l'épaule d'une jeune fille qui se penche vers elle. Une de ses servantes rattache les liens de sa chaussure, les autres préparent ses vêtements. A gauche, une suivante, vue de dos et tournant la tête de profil, porte une corbeille de fruits. Plus loin,

le palais de David : le roi se montre à son balcon dans une attitude de surprise et d'admiration.

Larg. 1 mètre 05 cent., haut. 90 cent. — Toile.

MÉNARD

34 — Un cerf au bord d'une mare : soleil couchant.

Larg. 81 cent., haut. 50 cent. — Toile.

MEULEN
(ANT.-FRANZ. VAN DER)

35 — Rendez-vous de chasse. — Quelques cavaliers sont réunis devant une cabane ; d'autres s'élancent à droite dans la plaine.

Larg. 30 cent., haut. 21 cent. — Bois. (Signé A.-F.-V. Meulen.)

36 — L'Embuscade. — Dans un paysage accidenté, combat d'une avant-garde de cavalerie.

Haut. 50 cent., larg. 59 cent. — Toile. (Signé V. Meulen.)

MIGNARD, DIT MIGNARD D'AVIGNON
(NICOLAS)

37 — Tête de jeune femme blonde, un collier de perles autour du cou.

Haut. 31 cent., larg. 28 cent. — Toile.

38 — Portrait de femme (ovale).

Haut. 69 cent., larg. 55 cent. — Toile.

MOUCHERON
(FREDERIK)

39 — Paysage. — A gauche, sur un chemin ombragé par de beaux arbres, un berger ramène son troupeau, moutons, chèvres et vaches. A droite, sur le premier plan, une mare où s'abreuvent des moutons, bouquet d'arbres et quelques

personnages. Au second plan, fabriques. Fond brumeux avec montagnes.

Larg. 1 mètre, haut. 83 cent. — Toile. (Signé Moucheron.)

NETSCHER
(GASPARD)

40 — La Femme à la Cassette. — Une jeune femme blonde, coiffée d'un panache, vue de face, la gorge découverte, ouvre une cassette placée sur une table recouverte d'un tapis rouge. Derrière, une vieille femme, vue de profil, lui adresse la parole.

Haut. 28 cent., larg. 22 cent. — Toile. (Signé Netscher.)

PARROCEL
(JOSEPH)

41 — Dans un paysage tourmenté, des guerriers jouent aux dés sur un tambour renversé ; deux cavaliers regardent cette scène

Haut. 44 cent., larg. 34 cent. — Toile.

42 — Guerriers à cheval (pendant du précédent).

PELLICOT
(L.-A.)

43 — Jeune femme tenant sur ses genoux son enfant endormi.

Haut. 35 cent., larg. 26 cent. — Toile. (Signé Pellicot.)

POELENBURG
(KORNELIS)

44 — Adam et Ève chassés du paradis terrestre. — Un ange, armé de l'épée flamboyante et porté sur une nuée, chasse devant lui Adam et Ève.

Larg. 23 cent., haut. 18 cent. — Cuivre.

PORBUS ou POURBUS LE JEUNE
(FRANZ) — (*attribué à*)

45 — Portrait de Catherine de Médicis.

Haut. 27 cent., larg. 23 cent. — Bois.

RAOUX
(JEAN)

46 — La Toilette.—Deux jeunes femmes blondes, vues à mi-corps, se regardent dans un miroir. L'une d'elles, vue de trois quarts, revêtue d'une jupe en soie bleue, un collier de perles autour du cou, attache un bouquet sur sa poitrine; l'autre, vue en face et soutenant le miroir, est vêtue d'une robe de soie rouge.

Larg. 1 mètre 28 cent., haut. 1 mèt. 05 cent — Toile.

47 — La Leçon de musique. — Une jeune fille assise, vêtue d'un manteau de soie bleue et d'une robe grise, tient un cahier de musique qu'elle déchiffre; elle est accompagnée par une autre jeune fille, corsage rouge et jupe jaune, qui se penche sur son épaule et tourne les feuillets du cahier. A gauche, guéridon sur lequel est posé une pendule. — Ces deux tableaux ont été gravés.

Larg. 1 mètre 28 cent., haut. 1 mètre 05 cent. — Toile.

48 — Les Vestales.—Une jeune femme habillée de soie blanche, un voile blanc sur la tête, le cou orné d'un collier de perles, prend des mains d'une jeune fille, couronnée de roses blanches, de petites bûches pour entretenir le feu sacré, qui brûle sur un autel de marbre blanc à droite.

Larg. 1 mètre 38 cent., haut. 1 mètre 05 cent.— Toile.

RAOUX
(JEAN) — (*attribué à*)

49 — L'Automne. — Un jeune jardinier portant un panier de fruits, dans lequel une jeune femme prend une pomme.

Larg. 1 mètre 38 cent., haut. 1 mètre 05 cent.— Toile.

50 — La Pudeur.

Haut. 44 cent., larg. 34 cent. — Toile.

51 — La Coquetterie (pendant du présent).

RICHARD

(TH.)

52 — Mouton se désaltérant. — Ovale.

Larg. 13 cent., haut. 10 cent. — Bois. (Signé T.-R.)

53 — Chèvre au bord d'un étang (pendant du précédent).

ROSA

(SALVATOR)

54 — Marine, soleil couchant. — Sur la gauche, un rocher formant portique, vers lequel s'achemine un homme monté sur un cheval blanc et suivi d'un chien. A droite, personnages dans diverses attitudes.

Larg. 41 cent., haut. 21 cent. — Toile.

55 — Marine, soleil levant. — A gauche, une tour crénelée ; a droite, un tronc d'arbre se détachant sur un fond montagneux ; au premier plan, différentes figures.

Larg. 41 cent., haut. 21 cent. — Toile.

56 — Halte de cavaliers. — Esquisse.

Larg. 20 cent., haut. 14 cent. — Bois.

SAUVAGE, DIT LEMIRE

(ANTOINE) — (*attribué à*)

57 — Dessus de porte. — Jeux d'enfants. (Grisaille.)

Larg. 1 mètre 25 cent., haut. 68 cent. — Toile.

58 — Pendant du précédent.

59 — Frise d'enfants. (Grisaille.)

Larg. 36 cent., haut. 18 cent. — Bois.

60 — Pendant du précédent.

61 — Frise d'enfants. (Camaïeu.)

Larg. 60 cent., haut. 15 cent. — Bois.

TROY

(JEAN-FRANÇOIS DE) — (*attribué à*)

62 — Portrait de la comtesse de Ganges en costume de Diane chasseresse.

Haut. 1 mètre 30 cent., larg. 96 cent. — Toile.

Mme Du Noyer, dans ses *Lettres Galantes*, parle de la comtesse de Ganges, qu'il ne faut pas confondre avec la marquise de Ganges, mentionnée au nº 7. Ce tableau provient de l'hôtel du cardinal de Bonzi.

63 — La Vierge présente l'Enfant Jésus, entouré de nuées, à un berger qui se prosterne.

Haut. 48 cent., larg. 45 cent. — Toile.

VELSEN

(J.-V.)

64 — La Diseuse de bonne aventure. — Une vieille bohémienne lit sur la main d'une jeune femme en costume hollandais ; au fond, un homme regarde cette scène.

Haut. 25 cent., larg. 22 cent. — Toile. (Signé Velsen, 1631.)

VERBOECKOVEN

65 — Paysage. — Hiver, effet de neige.

Haut. 16 cent., larg. 19 cent. — Bois. (Signé Verboeckoven, 1824.)

66 — Paysage. Bords d'une rivière.

Larg. 39 cent., Haut. 32 cent. —Bois. (Signature à moitié effacée.)

VERSCHURING
(HENDRICK)

67 — L'Abreuvoir. —Un cavalier s'avance vers une fontaine ; un autre, à côté d'un cheval blanc, étend par terre un manteau rouge.

Haut. 30 cent., larg. 22 cent. — Bois.

68 — La Halte (pendant du précédent). — Un cavalier debout à côté de son cheval, retenu par un jeune page ; plus loin, un autre cavalier.

Haut. 30 cent., larg. 22 cent. — Bois.

WEENIX OU WEENINX
(JAN)

69 — Gibier. — A gauche sont suspendus, avec des attributs de chasse, un lièvre et une perdrix grise ; sur le pavé formé de dalles noires et blanches, un héron, une perdrix grise et un pigeon. A droite, un épagneul blanc et marron saute, en jappant. Le fond est garni par une colonnade à chapiteaux corinthiens, se détachant sur un paysage.

Larg. 1 mètre 30 cent., haut. 1 mètre 05 cent.—Toile. (Signé J. Weenix.)

INCONNUS

70 — Les Noces de Cana. (École Vénitienne.)

Larg. 1 mètre 07 cent., haut. 56 cent. — Toile.

71 — Tête de bœuf. (Sur le collier, la signature Lockerst.)

Haut. 23 cent., larg. 17 cent. — Toile.

72 — Études de têtes de mouton. (Signé du monogramme VB.)

Haut. 23 cent., larg. 32 cent. — Bois

73 — Jeune homme de distinction en costume Louis XIII, revêtu d'une armure et ceint d'une écharpe rouge.

Haut. 74 cent , larg. 53 cent. — Bois.

74 — Portrait de Marguerite de France, duchesse de Valois, reine de France et de Navarre, fille de Henri II et de Catherine de Médicis.

Haut. 14 cent., larg. 12 cent. — Bois.

75 — Portrait d'Anne d'Autriche enfant. Elle tient des fleurs dans son tablier.

Haut. 20 cent., larg. 15 cent. — Cuivre.

76 — Philippe V enfant.

Haut. 40 cent., larg. 30 cent. — Toile.

77 — Portrait de femme du temps de Charles IX.

Haut. 33 cent., larg. 24 cent. — Bois.

78 — Portrait d'un personnage en costume du temps de Louis XVI.

Haut. 60 cent., larg. 47 cent. — Toile.

79 — Le Christ au Roseau.

Haut. 72 cent., larg. 57 cent. — Toile.

80 — Vierge. (École italienne.)

Haut. 64 cent., larg. 46 cent. — Toile.

81 — La Vierge et l'Enfant Jésus. (Médaillon de forme ronde sur bois.)

82 — La Vierge tient dans ses bras le petit Jésus endormi.

Haut. 70 cent., larg. 56 cent. — Toile.

83 — Deux petits cadres octogones. — Enfants, l'un en saint Jean-Baptiste et l'autre en Enfant Jésus. (Peinture sur ardoise.)

84 — La Vierge et l'Enfant Jésus. (Peinture russe sur fond or; bois.)

85 — Notre-Dame de Montserrat. (Ovale sur bois.)

86 — Nature morte. — Fruits.

Haut. 65 cent., larg. 49 cent. — Toile.

87 — Nature morte. — Fleurs.

Haut. 66 cent., larg. 48 cent. — Toile.

88 — Paysage.—Un grand arbre auprès d'une cascade, dans un site boisé ; au pied, trois personnages.

Haut. 63 cent., larg. 47 cent. — Toile.

89 — Deux paysages.— Effet de neige et Orage.

Larg. 61 cent., haut. 47 cent. — Toile.

90 — Paysage. — Par un temps d'orage, un berger fait rentrer son troupeau.

Larg. 25 cent., haut. 16 cent. — Bois.

91 — Un petit paysage. — Quelques monuments sur un tertre, avec une montagne au fond.

Haut. 15 cent., larg. 21 cent. — Bois.

92 — Deux médaillons ronds. — Sujets champêtres.

93 — Deux paysages.

Larg. 22 cent., haut. 17 cent. — Bois.

94 — Deux incendies.

Haut. 15 cent., larg. 12 cent. — Carton.

95 — L'Annonciation.

Haut. 39 cent., larg. 34 cent. Bois.

96 — Une jeune femme assise devant un terme portant le buste de Pan. (Grisaille.)

Haut. 34 cent., larg. 27 cent. — Carton.

97 — Amours se fouettant avec des roses.

Haut. 22 cent., larg. 16 cent. — Bois.

98 — Un Vieillard lisant.

Haut. 14 cent., larg. 10 cent. — Bois.

99 — Tête de vieillard à barbe blanche.

Haut. 10 cent., larg. 08 cent. — Bois.

100 — Deux chiens de garde aboyant.

Haut. 09 cent., larg. 10 cent. — Cuivre

101 — Tête de vieillard à barbe blanche, revêtu d'une pelisse.

Haut. 20 cent., larg. 17 cent. — Bois.

102 — Dessus de porte, d'après Boucher. — Pastorale.

Larg. 1 mètre 43 cent., haut. 72 cent. — Toile.

103 — Dessus de porte, d'après Teniers.

Larg. 1 mètre 42 cent., haut. 75 cent. — Toile.

104 — Deux dessus de porte, genre Boucher. — Enfants.

Larg. 1 m. 20 cent., haut. 73 cent. — Toile.

105 — Sous ce numéro seront vendus plusieurs tableaux non-catalogués.

DESSINS

106 — **Marie-Antoinette,** reine de France. Tulipes. — Gouache sur vélin, signée : *Pinxit* Mle Anette.

Au verso, la mention suivante, d'écriture ancienne : *Ce dessin a été donné par la Reine à Mme la princesse de Lamballe et adjugé à la vente de M. le comte de Beaulieu. L'authenticité de la signature a été reconnue.*

107 — **Altmann (H.).** Paysage, effet de neige. — Sépia et encre de Chine.

108 — **Appiani (R.).** Jeune fille. — Étude sanguine, signée Appiani, 1794.

109 — **Bakhuiszen (V.-D. Sande).** Cour de ferme. — Sépia, signée S. Bakhuiszen.

110 — **Boilly (L.).** Robert Macaire. — Aquarelle.

111 — **Boissieu (J.).** Têtes de béliers. — Étude à l'encre de Chine, signée B., 1769.

112 — **Boissieu (J.).** Paysage. — Encre de Chine, signée J.-B., 1774.

113 — **Both (André).** L'Arracheur de dents. — Plume et sépia.

114 — **Bouchardon**. Le Paralytique. — Dessin au crayon, signé Bouchardon.

115 — **Boucher** (*attribué à*). Deux amours. — Crayon et lavis.

116 — **Boulanger (L.)**. Soldat grec. — Aquarelle, signée Boulanger.

117 — **Brascassat (R.)**. Combat de deux taureaux. — Crayon noir, rouge et blanc, signé J.-R. Brascassat, 1831.

118 — **Brascassat (R.)**. Tête de mouton. Étude grandeur naturelle. — Aquarelle, signée R. B.

119 — **Breughel de Velours (J.)**. Le Retour du marché. — Aquarelle, signée J. Breughel.

120 — **Casanova (J.-F.)**. Combat de cavalerie. — Dessin, plume et lavis.

121 — **Charlet. (N.-T.)**. Le Vieux Ménétrier. — Sépia, signée Charlet.

122 — **Charlet (N.-T.)**. L'Embuscade. — Sépia, signée Charlet.

123 — **Ciceri. (Eug.)**. Moulin à eau. — Aquarelle, signée Ciceri.

124 — **Deshayes (Eug.)**. Paysage, moulin. — Aquarelle, signée Deshayes.

125 — **Dolci (Carlo)** (*attribué à*). Tête de vieillard. — Sanguine.

126 — **Dorgevillers**. Têtes de chèvres. — Aquarelles, signées Dorgevillers, 1830.

127 — **Fielding (Newton)**. Cruche et panier dans un paysage. — Aquarelle, signée Fielding, 1839.

128 — **Fielding (N.)**. Coq. — Aquarelle, signée Fielding.

129 — **Fielding (N.)**. Canards.—Sépia, signée Fielding, 1832.

130 — **Fielding (N.)**. Loutre dévorant un faisan.—Aquarelle, signée, Fielding, 1831.

131 — **Fielding (N.)**. Une cour de ferme.—Aquarelle, signée, Fielding.

132 — **Flamen (A.-B.)**, *graveur*. Trois petits sujets divers, lavés à l'encre de Chine et signés A.-B. Flamen.

133 — **Flandin (Eugène)**. Marchand turc à Constantinople. — Aquarelle, signée Flandin.

134 — **Fort (Siméon)**. Paysage, torrent dans une forêt. — Sépia, signée Fort.

135 — **Gamelin (J.)**. Bataille.—Gouache camaïeu, rehaussée de blanc, signée Gamelin, 1781.

136 — **Garnerey (H.)**. Marine. — Sépia, signée Garnerey.

137 — **Garnerey (H.)**. Marine. — Aquarelle, signée Garnerey, 1824.

138 — **Germain**. Paysage.— Sanguine, signée Germain.

139 — **Granet** (**F.-N.**). Intérieur d'un cloître à Rome. — Sépia, signée Granet.

140 — **Granet** (**F.-N.**). Chœur d'église d'un monastère. — Aquarelle, signée Granet.

141 — **Guerchin** (**G.-F. Le**). Tête de femme.— Croquis à la plume.

142 — **Gverburgh** (**C.**). Ruine. — Sépia et bistre, signé Gverburgh, 1831.

143 — **Huet** (**J.-B.**). Moutons et berger. — Sanguine.

144 — **Huet.** (**J.-B.**) Hallali.—Dessin pour cartouche, à l'encre de Chine.

145 — **Huet** (**J.-B.**). Le Départ pour le marché. — Grande aquarelle, signée B. Huet, 1791.

146 — **Huet** (**J.-B.**). Paysage, pont et fabrique. — Grande gouache, signée J.-B. Huet, 1777.

147 — **Huet** (**J.-B.**). Autre paysage, pendant du précédent. —Chaumière au bord d'une rivière. Gouache, signée J.-B. Huet, 1777.

148 — **Huet** (**J.-B.**). Jeunes filles et enfants. — Dessin à la plume, lavé de sépia, signé Huet, 1760.

149 — **Isabey** (**Eug.**). Marine. — Aquarelle, signée Isabey.

150 — **Lafage** (**L.**). La Vierge, l'Enfant Jésus et Saint Jean. —Croquis à la plume.

151 — **Lafage (L.)**. La Vierge, Saint Joseph et le petit Jésus. — Croquis à la plume.

152 — **Lafage (L.)**. Bacchanale, frise. — Dessin à la plume, signé Lafage.

153 — **Lantara (S.-M.)**. Grand paysage, à la pierre noire et au crayon blanc, signé Lantara.

154 — **Lallemand (J.-B.)**. Marine. — Lavis et plume, signé Lallemand.

155 — **Lebas (H^{te})**. Lever du soleil, paysage tropical. — Gouache, signée Lebas.

156 — **Leroy**. Petit paysage. — Gouache, signée Leroy.

157 — **Lesueur (E.)**. Diacre. — Croquis aux crayons noir et blanc.

158 — **Leyden (L.-V.)** (*attribué à*). La Présentation au temple. — Dessin rehaussé de blanc.

159 — **Longuet**. Pêcheurs. — Aquarelle, signée Longuet, 1830.

160 — **Loutherbourg (P.-J. de)**. Vue de la citadelle d'Orange. — Lavis et crayon, signé Loutherbourg, 1768.

161 — **Matuano**. Dessin à la sanguine, signé Matuano.

162 — **Molla (Francesco)**. Saint Jean-Baptiste au désert, grand paysage. — Sépia rehaussée de blanc, signée Molla.

163 — **More (An)**. Une assemblée de Juifs. — Dessin plume et sépia, signé More, 1540.

164 — **Neer (Vander)**. Grand paysage, clair de lune sur une rivière. — Aquarelle, signée du monogramme de ce maître.

165 — **Nicolle (V.-J.)**. Intérieur d'église. — Aquarelle, signée Nicolle.

166 — **Nicolle (V-J.)**. Une ruine. — Aquarelle, signée Nicolle.

167 — **Noël (Jules)**. Marine. — Dessin au crayon, rehaussé de blanc, signé J. Noël.

168 — **Overbeck (L.)**. Charretier surpris par l'orage. — Encre de Chine, signée L. Overbeck.

169 — **Palmerius (J.)**. Un berger à cheval, conduisant une vache et un taureau, traverse un gué. — Aqua-tinta, signée Palmerius.

170 — **Palmerius (J.)**. Un homme monté sur son âne ramène une vache, une chèvre et un mouton. (Pendant du précédent.)

171 — **Palmerius (J)**. Le Passage du gué. — Plume et sépia, signée Palmerius.

172 — **Palmerius (J.)**. Bergère se couronnant de fleurs. — Lavis, sépia et plume, signé Palmerius.

173 — **Palmerius (J.)**. Paysage : Une chaumière. — Plume et encre de Chine, signé Palmerius.

174 — **Pillement** (**J.**). Deux grands paysages à la pierre noire, signés Pillement, 1793.

175 — **Pothier** (**C.-J.-B.**), *graveur*. Sacra dies Pentecostes. —Dessin au crayon sur vélin, signé Pothier, anno 1658.

176 — **Prudhon** (**P.**). Femme donnant à boire à son enfant. — Esquisse.

177 — **Prudhon** (**P.**). Deux portraits d'enfants, signés P. P., avec l'épigraphe sur le verso : *Prudhon à son ami Chenard, 1817*. — Peinture à l'huile sur papier.

178 — **Ramelot** (**Ch.**). Femme donnant des cerises à un enfant. — Aquarelle, signée Ramelot.

179 — **Redouté** (**P.-J.**). Bouquet de roses.—Aquarelle.

180 — **Rembrandt** (**Van Ryn.**). Scène maternelle.— Croquis au bistre et à la plume, signé R.

181 — **Robert** (**H.**). Deux dessins ovales, architecture et ruines. — Bistre et sépia, signés H. Robert. Roma, 1753.

182 — **Romano** (**J.**). Frise de satyres, bacchantes, enfants et animaux. — Plume et lavis.

183 — **Rosa** (**Salvator**). Tête de condottieri. Croquis à la plume.

184 — **Rosa** (**Salvator**) — (*attribué à*). Guerrier en prières dans une grotte.—Grand dessin à la plume et aqua-tinta.

185 — **Rosaspina** (**F.**). La Mère de Douleurs, d'après le Guide. — Dessin au crayon noir.

186 — **Rubens (P.-P.)**. Moïse sauvé des eaux. — Dessin au crayon, rehaussé de blanc et de couleur.

187 — **Santerre (J.-B.)**. Jeune femme turque à la fenêtre. Croquis à la plume.

188 — **Andrea del Sarto** (*attribué à*). Jeune fille. — Croquis sanguine.

189 — **Schalch (J.-Jacob)**. Chevaux au repos. — Dessin à la sépia, au brun rouge et à l'encre de Chine, rehaussé de blanc, signé Schalch.

190 — **Swebach (Edouard)**. Chevaux sous un hangar. — Aquarelle, signée Ed. Swebach, 1815.

191 — **Swebach (Edouard)**. Le Départ pour la promenade. — Dessin à l'encre de Chine.

192 — **Swebach (Edouard)**. Deux dessins : convois. — Sépia rehaussée de blanc.

193 — **Swebach** dit **Fontaine**. Un marché aux chevaux. Nombreux personnages dans un paysage accidenté ; au fond, un village. — Grand dessin à la plume et lavis, rehaussé de gouache.

194 — **Sylvestre (Israël)**. La Tour penchée de Pise. — Dessin à la plume, signé I. Sylvestre. (La gravure est jointe à ce dessin.)

195 — **Troy (De)**. Portrait de femme en costume Louis XV. — Croquis au crayon rouge et noir, signé de Troy.

196 — **Vermeulen (A.).** Patineurs. — Encre de Chine, signée Vermeulen.

197 — **Vernet (Joseph).** Marine. — Grand dessin à la plume, lavé de sépia et de bistre.

198 — **Vernet (Carle).** Cuirassier tenant son cheval par la bride. — Sanguine.

199 — **Vien (Marie-T^re^ Reboul, femme).** Deux gouaches, natures mortes, signées M.-R. Vien, 1798.

200 — **Villeret.** Vue d'une cathédrale. — Aquarelle, signée Villeret.

201 — **Wagner (G.).** Place devant une église.—Aquarelle, signée Wagner.

202 — **Watteau (J.-A.).** La Bonne Aventure. — Encre de Chine, signée Watteau, 1710.

203 — **Wateau (J.-A.).** Tête de jeune femme. – Crayon rouge et noir.

204 — **Wicar (F.).** Héro et Léandre. 1790.

205 — **Wicar (F.).** La Madeleine, d'après Mieris. 1790.

206 — **Wicar (F.).** La Vierge, d'après Raphaël. 1788.

207 — **Wicar (F.).** Bacchus et Ariane, d'après le Guide. 1792.

Ces dessins au crayon noir (n°s 204 à 207) ont servi pour les gravures de cet artiste.

INCONNUS

208 — La Fuite en Égypte. Croquis à la plume.

209 — Angélique et Médor. Plume et sépia.

210 — Allégorie de la fable. Plume.

211 — Un concile : Pape et Cardinaux. Plume et lavis sanguine.

212 — La Madone et l'Enfant Jésus. Plume et bistre.

213 — Grand paysage. Encre de Chine.

214 — Le Christ en croix. Croquis plume et bistre.

215 — Intérieur de ferme. Aquarelle.

216 — Un parc. Gouache.

217 — Cabinet d'un antiquaire au XVIIe siècle. Dessin à la plume.

218 — Animaux. Sanguine.

219 — Diane et Actéon. Plume et bistre.

220 — Portrait du Titien dans un cartouche. Plume et sépia.

221 — Étude : Jeune femme assise. Crayon.

222 — Jeune mère entourée de ses enfants.

223 — Portrait d'un homme accoudé sur une table. Sanguine.

224 — Ecce-Homo. Plume et bistre, rehaussé de blanc.

225 — Halte devant une ruine. Encre de chine.

226 — Portrait d'un personnage flamand. Sépia.

227 — Caricature de mode du temps de Louis XVI. Aquarelle.

228 — Combat naval. Encre de Chine.

229 — Les Proscrits : scène de l'histoire romaine. Plume et sépia, rehaussé de blanc.

230 — Divers groupes, fragments d'un tableau. Plume et sépia, rehaussé de blanc.

231 — Le Supplice de Régulus. Plume et lavis encre de Chine.

232 — Les Noces de Cana. Plume, lavé de sépia.

233 — Sous ce numéro seront vendus plusieurs dessins non catalogués.

OBJETS D'ART

ÉMAUX ET MINIATURES

234 — Portrait du maréchal de Biron, par Petitot. Émail ovale sur or, dans un cadre en cuivre ciselé et doré.

Haut. 3 cent. 6 mill., larg. 3 cent.

235 — Portrait de Piron, par Petitot. Émail ovale sur or, dans un cadre en cuivre ciselé et doré.

Haut. 2 cent. 97 mill., larg. 2 cent. 4 mill.

236 — Portrait de Mlle de Lavallière. Miniature ovale sur ivoire, par Augustin.

237 — Portrait de Ninon de Lenclos. Miniature ovale sur ivoire, par Augustin.

238 — L'Ange apparaissant à Tobie. Miniature à l'huile, par Drolling.

239 — Portrait de l'abbé de Boirargues. Miniature ovale à l'huile, dans un cadre en cuivre doré et ciselé.

240 — Miniature ovale peinte à l'huile, sur cuivre : Portrait de femme en costume de cour Louis XIV.

241 — Miniature ovale à l'huile, sur cuivre : Portrait d'homme vu de face, en costume de cour Louis XIV.

242 — Miniature ovale à l'huile, sur cuivre : Portrait d'homme, époque Louis XIV.

243 — Miniature à l'huile, sur cuivre : Portrait d'un jeune homme en costume du temps de Louis XIV (ovale).

244 — Miniature ovale à l'huile : Portrait d'homme, époque de Louis XIV.

245 — Miniature ovale à l'huile, sur cuivre : Portrait d'homme couvert d'une armure, époque Louis XIV.

246 — Miniature ovale à l'huile, sur cuivre : Portrait de femme en costume de la fin du XVIe siècle.

247 — Miniature ovale à l'huile, sur cuivre : Portrait d'homme, époque Louis XIII.

248 — Miniature, dessin à la plume : Portrait du duc de Richelieu, par Boismens.

249 — Miniature ovale sur vélin : Portrait d'Antoine de Grammont, maréchal de France. Cadre en cuivre ciselé et doré.

250 — Miniature ronde sur ivoire : Portrait de femme en costume du temps de Louis XVI.

251 — Miniature ovale sur ivoire : Jeune fille flamande à sa toilette.

252 — Miniature sur vélin : Portrait de Mme de Larochefoucault en costume Louis XV.

253 — Miniature sur ivoire : Portrait de femme vue de face, en costume de soie bleue, époque Louis XV.

254 — Miniature de forme ronde au crayon, par Boissieu : Enfant soufflant des bulles de savon.

255 — Jeune femme caressée par des enfants. Miniature par Dom Morghan.

256 — Gabert : la Retraite de Russie (1812).

257 — Camaïeu sur porcelaine, par Mme Jacotot : L'Histoire écrivant sur les ailes du Temps.

258 — Sous ce numéro seront vendues quelques miniatures non cataloguées.

FAÏENCES ET POTERIES.

259 — Un plat rond à relief, en faïence de Savone : Paysage et arabesques.

260 — Un plat octogone en faïence de Moustiers, avec arabesques. Décor bleu, style Bérain.

261 — Un grand plat oblong en faïence de Nevers. Émail bleu et manganèse. Décor chinois.

262 — Un plat en faïence de Varages : Grotesques.

263 — Un plat en faïence, décoré d'un blason. Émail bleu et manganèse, avec la légende : *Héléonore Galdine.*

264 — Un bénitier en faïence de Marseille, de la Ve Robert, en état de parfaite conservation. La coquille est formée par une rose en relief, nouée à sa tige par un ruban bleu ; elle est surmontée d'une tête d'ange en relief, ornement rocaille Louis XV.

265 — Un plateau, une soucoupe, un petit pot au lait en faïence de Marseille.

266 — Un couvert d'écuelle en faïence de Moustiers, décoré de trois médaillons encadrés de guirlandes représentant Cérès, Amphitrite et Diane.

267 — Un compotier avec son plat en faïence de Delft. Décor bleu.

268 — Un pot en faïence de Nevers, fond gros bleu. Décor chinois au trait de couleur jaune.

269 — Un grand cache-pot en faïence de Varages.

270 — Un sucrier en faïence d'Olery.

271 — Un sucrier en faïence de Marseille.

272 — Deux porte-bouquets en faïence de Strasbourg.

273 — Deux corbeilles en faïence de Varages.

274 — Un rafraîchissoir en faïence de Marseille. Décor, oiseaux.

275 — Un rafraichissoir en faïence de Marseille.

276 — Une corbeille en faïence.

277 — Une bouteille, dite gourde, en faïence avec la légende suivante :

Jeme bien ma mie etant dans le lit, aussy mat bouteille pour me refresir.

278 — Une bouteille en verre émaillé agaté.

279 — Quelques pièces de poteries grecques et étrusques.

PORCELAINES.

280 — Un plateau, avec une tasse et sa soucoupe, et un petit sucrier en porcelaine de Sèvres, pâte tendre, fond vert céladon, décoré de bouquets de fleurs encadrés d'or. Le plateau et la soucoupe sont de 1758, la tasse de 1756.

281. — Un plateau, une tasse avec sa soucoupe, un petit pot au lait en porcelaine de Sèvres, pâte tendre, décorés de paysages avec bordure or. Peint par Capelle, 1756.

282 — Deux salières à trois compartiments, avec anses, en porcelaine de Sèvres, pâte tendre, marquée B., fond blanc décoré de bouquets de fleurs par de Bar.

283 — Une tasse et sa soucoupe en pâte tendre de Sèvres, semis de roses, décorée par Vandé, 1781.

284 — Un petit pot en porcelaine de Sèvres, pâte tendre, fond blanc décoré de guirlandes de roses par Buteux père ; bordure or par Vincent, 1773.

285 — Plat en porcelaine de Sèvres, pâte tendre, parsemé de bouquets de fleurs, 1755.

286 — Un sucrier en porcelaine de Sèvres, pâte tendre, fond blanc parsemé de bouquets de fleurs.

287 — Un plateau avec quatre petits pots à crème, fond blanc sans décor, bordure or, en pâte tendre de Sèvres.

288 — Une tasse avec sa soucoupe en porcelaine de Sèvres, pâte dure, décorée de trophées champêtres et guerriers par Chulot (Directoire).

289 — Une tasse avec sa soucoupe en porcelaine de Sèvres, pâte dure, décorée de guirlandes de fleurs par Asselin, bordure or.

290 — Deux bustes en biscuit de Sèvres, pâte tendre, socle gros bleu, représentant la duchesse de Parme et le duc de Bordeaux enfants ; ils sont signés en creux dans la pâte, *Mas;* plus bas, *Brachard aîné f*[t], *8 octobre* 1822, *broyés au mortier*. Ces bustes ont appartenu à la marquise du Cayla.

291 — Un buste en biscuit de Sèvres, socle gros bleu, Bonaparte 1er consul.

292 — Deux biscuits en porcelaine blanche : Junon et l'Amour brisant son arc.

293 — Deux biscuits en porcelaine blanche : Enfants en costume Louis XV.

294 — Pendant du précédent.

295 — Une cafetière en porcelaine de Saxe, marquée en or F., fond blanc avec une très-fine peinture flamande (XVIIIe siècle).

296 — Cafetière en porcelaine de Saxe, à charnière en argent ciselé et doré, fond blanc, avec un paysage. Miniature très-finie, d'après une peinture flamande (XVIIIe siècle).

297 — Un bol en porcelaine de Saxe, fond blanc, avec une miniature très-fine, d'après Estorg, représentant un port de mer, avec personnages à cheval (XVIIIe siècle).

298 — Une tasse avec sa soucoupe en porcelaine de Saxe, décorée sur fond or d'une très-fine miniature : marine hollandaise (XVIIIe siècle).

299 — Une soucoupe en porcelaine de Saxe, enrichie d'une fine miniature sur fond or : Marine avec personnages (XVIIIe siècle).

300 — Une tasse trembleuse en porcelaine de Saxe, fond blanc, décorée de fleurs.

301 — Deux salières à trois compartiments, avec anses en porcelaine de Saxe, décorées de bouquets de fleurs, sur fond blanc, bordure or.

302 — Six assiettes et une saucière en porcelaine de Saxe, fond blanc avec bouquets de fleurs, bordure or.

303 — Deux raviers en porcelaine de Saxe, fond blanc, décorés de fleurs.

304 — Deux petites tasses en porcelaine de Saxe (imitation du Japon).

305 — Deux tasses avec leurs soucoupes et un sucrier, fond blanc semé d'étoiles d'or, avec médaillons à figures et emblèmes : camaïeu (Saxe).

306 — Un plateau, une tasse avec sa soucoupe et une théière en Saxe, fond blanc, bordure or.

307 — Sept petites tasses avec leurs soucoupes en Saxe, fond banc et filets or.

308 — Trois petites tasses en porcelaine de Vienne, fond blanc, bordées de dentelles or.

309 — Un sucrier en porcelaine de Louisbourg, fond blanc, sans décor, bordure or.

310 — Quatre petits vases en porcelaine tendre de Menecy (duc de Villeroi), fond blanc décoré de bouquets de fleurs.

311 — Deux douzaines d'assiettes en porcelaine blanche de Clignancourt (Deruelle), avec filets or.

312 — Deux douzaines assiettes en porcelaine de Chantilly, fond blanc, décor bouquets bleus.

313 — Un cabaret (plateau, théière, pot au lait et sucrier) en porcelaine, décoré dans la manière de Mlle Jacotot.

314 — Sous ce numéro seront vendues plusieurs pièces de porcelaine non cataloguées.

CHINE ET JAPON

315 — Un plat en porcelaine de Chine, avec un blason portant la légende : *Friesland*. Il est cassé et raccommodé.

316 — Un plat en porcelaine de Chine ancien, craquelé.

317 — Sept assiettes en porcelaine de Chine.

318 — Cinq assiettes en porcelaine de Chine.

319 — Cinq assiettes en porcelaine de Chine.

320 — Deux compotiers en porcelaine de Chine.

321 — Deux compotiers en porcelaine de Chine.

322 — Deux saladiers en porcelaine de Chine.

323 — Deux petits bols en porcelaine de Chine.

324 — Deux tasses en porcelaine de Chine.

325 — Une tasse et sa soucoupe en porcelaine de Chine.

326 — Une théière en porcelaine de Chine (famille verte) et une boite à thé en porcelaine de Chine.

327 — Deux petits vases en porcelaine de Chine craquelée.

328 — Deux petits vases en porcelaine de Chine.

329 — Douze assiettes en grès du Japon, décor bleu.

330 — Une douzaine d'assiettes en porcelaine du Japon.

331 — Deux compotiers en Japon, décor bleu.

332 — Un saladier en porcelaine du Japon.

333 — Deux petites tasses avec leurs soucoupes.

334 — Un petit vase en porcelaine du Japon.

335 — Vase en forme de balustre, à émail cloisonné, bleu, vert, rouge et jaune; il est décoré d'entrelacs de fleurs et d'ornements divers. Les reliefs sont en bronze doré. — Haut. 23 cent.

336 — Autre vase en forme de balustre, à émail cloisonné, bleu, vert, rose et rouge, sur fond vert turquoise. Le dessin est formé par des fleurs de pêcher et des entrelacs d'ornements divers; bords dorés. — Haut. 16 cent.

337 — Un plateau à bord dentelé, en émail cloisonné, fond bleu, avec ornements de fleurs et feuilles, vert, bleu, jaune, rouge et blanc; au milieu se détache une élégante rosace. — Diam. 18 cent.

338 — Petit vase en jade vert clair, forme balustre, à panse aplatie, les anneaux mobiles et pris dans la masse; il est orné en haut et en bas de grecques. Sur la panse, tige de fleurs et arbre. Monté sur son support en bois dur.

339 — Petit vase en jade blanc verdâtre, à anses évidées à jour, entièrement sculpté d'ornements à fleurs en relief. — Haut. 12 cent.

340 — Deux coupes en jade verdâtre. Sur leur couvercle est incrustée une plaque de jade blanc, très-finement sculptée d'ornements évidés à jour: arabesques, fleurs, tiges et feuilles; une de ces coupes est restaurée.

341 — Coupe en jade gris, très-finement sculptée à jour. Salamandre grimpant au milieu d'entrelacs de tiges, feuilles et fleurs.

342 — Coupe unie en jade blanc laiteux transparent.— Diam. 14 cent.

343 — Petite coupe en jade gris, à anses évidées à jour; la panse est entièrement couverte de perles en relief. Elle est montée sur un pied en bois dur.

344 — Autre petite coupe en jade gris, formée par une feuille et une fleur avec un papillon.

345 — Un couvercle de coupe en jade blanc transparent. Il

est formé par un oiseau à crête rouge en corail, tenant dans son bec une branche couverte de fruits repercés à jour.

346 — Jeune femme maniant une pagaie. Figure sculptée en jade vert clair. — Haut. 10 cent.

347 — Petite figure de jeune daïmio, en jade blanc sculpté. Haut. 10 cent.

348 — Idole mitrée, accroupie, très-finement sculptée en ronde-bosse (jade vert clair).

349 — Plaque en jade blanc, sculptée de chaque côté : paysages en relief ; bordure d'ornements à jour. Cette plaque est garnie d'une chaîne de 30 cent. de long, évidée et prise dans la masse.

350 — Deux plaques rondes en jade blanc, évidées à jour : l'une représente un enfant entouré d'arabesques, l'autre des poissons encadrés de fleurs et de feuillages.

351 — Plaque en jade verdâtre, sculptée en bas-relief d'ornements formés par des écrevisses, fleurs et arabesques.

352 — Plaque concave en jade blanc. Elle est sculptée d'ornements percés à jour, formés par des oiseaux, fleurs et feuillages.

353 — Une paire de boucles d'oreille en jade gris blanc, montées en vermeil. Ornements percés à jour.

354 — Un cylindre en jade gris verdâtre, incrusté de rubis et d'épis d'or.

Un couvercle d'étui en jade vert émeraude.

355 — Un petit rocher en jade blanc laiteux. Un animal fantastique en jade blanc, sculpté à jour.

356 — Deux médaillons en jade gris blanc, sculptés d'arabesques à jour.

357 — Deux plaques en jade blanc laiteux transparent.

358 — Une petite plaque en jade rose : chauve-souris.
— Trois petites plaques en jade blanc, sculptées à jour.

359 — Six petites plaques sculptées, en jade blanc et vert.

360 — Deux épingles formées par une fleur en jade blanc.

361 — Une salamandre en cristal de roche, sculptée en ronde-bosse sur un piédestal de même matière et pris dans la même masse. — Long. 23 cent.

362 — Deux petites chimères en cristal de roche fumé, sculptées en ronde-bosse.

363 — Une statuette de jeune femme chinoise, en cristal de roche, sculptée en ronde-bosse. — Haut. 10 cent.

364 — Une statuette de mandarin en cristal de roche, sculptée en ronde-bosse. — Haut. 9 cent.

365 — Bonze en prières. Statuette en cristal de roche, sculptée en ronde-bosse. — Haut. 8 cent.

366 — Petite coupe en cristal de roche, évidée dans la masse.

367 — Petite coupe en onyx oriental. Elle est formée par un fruit entouré de tiges et de feuilles évidées à jour, sur lesquelles est posée une grenouille.

368 — Petite coupe en onyx oriental. Elle est formée par un fruit avec ses feuilles et sa tige sculptées en relief et percées à jour.

369 — Cachet de mandarin en améthyste. — Haut. 4 cent., diam. 3 cent.

370 — Deux coupes ovales en albâtre rose.
— Un couvercle de boîte en lapis-lazuli.
— Une petite coupe en agate.
— Une petite boîte en cornaline.

371 — Six petites plaques en ambre de différentes nuances, sculptées en bas-relief.

372 — Cornet en pierre de Lard, sculpté à jour : chimères, poissons et plantes marines.

373 — Un mandarin sculpté en pierre de Lard.

374 — Chimère en pierre de Lard, sur un socle en bois.

375 — Un petit flacon, deux petits Chinois et un cachet, le tout en pierre de Lard.

376 — Grande boîte en laque rouge, à reliefs, fond noir. Elle a la forme d'un cœur et est couverte d'ornements gravés au burin : fleurs, fruits et animaux chimériques. Au centre, un personnage, abrité par un arbre, porte un vase de fleurs.

377 — Boîte ronde en laque rouge, gravée au burin. Sur le couvercle, un paysage à fond montagneux : sous un arbre, une jeune femme, suivie d'un enfant portant un coffret, accoste un vieillard. Le pourtour est formé de grecques. — Diam. 9 cent.

378 — Boîte ronde en laque rouge, entièrement gravée au burin. Sur le couvercle, un personnage assis avec une femme sur un buffle, paysage accidenté de rochers. Pourtour formé de grecques. — Diam. 10 cent.

379 — Boîte ronde en laque rouge, sculptée au burin en relief. Sur un fond rouge, formé de grecques, se détachent des fleurs jaunes à feuillage vert. Le pourtour est formé par une bordure grecque.

380 — Petite boîte à bords arrondis, en laque rouge, sculptée au burin. Le dessin est formé, sur le couvercle et sur les côtés, par des grenades, des fleurs et des feuilles de grenadier.

381 — Bouteille aplatie sur une de ses faces, en laque rouge, entièrement couverte de chimères et oiseaux sculptés au burin. Au centre de la panse, une plaque de jade blanc avec inscriptions.

382 — Boite de forme carré long, à angles arrondis, en écaille laquée d'or en relief. Elle est décorée d'un paysage traversé par un cours d'eau, sur lequel navigue un Chinois dans sa pirogue. Au fond, la montagne de Fout-Jama.

383 — Petite coupe en laque rouge du Japon, à dessin laqué d'or et d'argent en relief. Au milieu, fleurs de pêcher.

384 — Boite carré long en laque noire. Le dessin, or et rouge, représente des dragons au milieu de flammes. Elle renferme un autographe chinois.

385 — Deux boites, formant pendant, en laque gravée d'orne ments ; elles reposent sur un trépied.

386 — Ivoire de Chine ancien, sculpté en ronde-bosse. Petit ourson jouant avec un fruit.

387 — Ivoire de Chine ancien, sculpté en ronde-bosse. Guerrier fantastique.

388 — Ivoire de Chine ancien, sculpté en ronde-bosse. Mendiant casqué d'une grenouille.

389 — Deux petites figurines sculptées en ivoire. Enfant et jeune fille.

390 — Vieillard chinois tenant un fruit entre ses mains. Sculpture ronde-bosse en ivoire.

391 — Petite statuette sculptée en ébène. Guerrier chinois.

392 — Deux petits éléphants sculptés en ébène.

393 — Plaque sculptée en ivoire. Bas-relief polychrome représentant un Chinois devant un métier à tisser.— Larg. 21 cent., haut. 15 cent.

394 — Un morceau d'ébène très-finement fouillé et sculpté. — Une petite plaque en ivoire sculpté.

395 — Cornet en ivoire gravé de sujets représentant différents groupes chinois dans un paysage. — Haut. 12 cent.

396 — Cornet en bambou sculpté. Paysage avec des personnages.

397 — Boite à trois compartiments, en bois de sandal, entièrement couverte d'ornements sculptés en relief.

398 — Boite en bois de sandal, entièrement couverte de sculptures en relief représentant différents sujets chinois.

399 — Trois petites tasses en bois sculpté.

400 — Trois pieds en bois d'ébène, sculptés à jour.

401 — Couteau à papier en ivoire sculpté.

402 — Pipe à opium, avec son tuyau laqué représentant divers personnages chinois.

403 — Sous ce numéro seront vendus différents objets de provenance diverse, non catalogués.

OBJETS DE CURIOSITÉ

404 — Coupe en émail peint. Le fond porte un ombilic sur lequel sont représentés Apollon et Marsyas en relief émaillé de blanc sur fond noir. Cet ombilic est entouré de godrons en creux émaillés de bleu, rehaussé d'ornements or. L'extérieur est couvert d'un émail bleu et or, avec godrons en relief blanc et vert rehaussé d'or, (Pièce restaurée.) — Diam. 20 cent.

405 — Deux bustes en marbre blanc : Fénélon et Bossuet, signés Rosset F. (XVIIIe siècle). Ils sont montés sur socle en marbre jaune veiné de noir. — Haut. totale 37 cent.

406 — Seize plaques en argent fondu, représentant diverses scènes du Nouveau Testament avec le poinçon de Garnier (poids 1075 grammes).

407 — Croix en argent formant bénitier, avec fines sculptures, époque de Louis XIV (poids 120 grammes).

408 — Petit vase en marbre, garni en argent ciselé et surmonté d'un bouquet composé de fleurs diverses en argent repoussé.

409 — Étui en émail sur cuivre, époque Louis XV. La partie supérieure est formée par un buste de jeune fille souriant, la tête coiffée d'une pièce d'étoffe. La partie inférieure est décorée d'un bouquet de fleurs noué par un ruban, avec la légende : *Point de rose sans épine.*

410 — Petite boite carrée en émail de Saxe, sur cuivre.

411 — Autre boîte carrée en émail de Saxe, sur cuivre.

412 — Bonbonnière en fer damasquiné d'or. Le couvercle représente des oiseaux et des fleurs ciselés en relief.

413 — Tabatière en argent doré et ciselé, époque Louis XV. Le dessus et le dessous sont formés par des plaques en nacre sculpté, représentant l'Amour dans un char traîné par des colombes.

414 — Autre tabatière en argent (poids 70 grammes).

415 — Tabatière en purpurine, garnie d'or ciselé à jour. L'intérieur est en écaille (époque Louis XVI).

416 — Tabatière formée par une coquille gravée en camée, représentant une nymphe assise en face d'un temple à colonnes. Monture en argent, travail allemand du XVIIIe siècle.

417 — Tabatière de Brunswick, avec une peinture très-finement exécutée, représentant trois Amours montrant une rose.

418 — Autre tabatière de Brunswick. Peinture représentant des chiens en quête.

419 — Lorgnette formant étui, en émail sur cuivre. Bouquets de fleurs encadrés d'arabesques rocaille or, sur fond céladon vert (époque Louis XV).

420 — Sculpture en ivoire polychrôme. La Vierge tenant sur son bras l'Enfant Jésus. Travail byzantin.— Haut. 32 cent.

421 — Sculpture en ivoire: les Quatres Évangélistes (travail du XVIIe siècle). Ces statuettes sont montées sur des piédestaux en marbre noir et blanc. — Haut. de l'ivoire 15 cent.

422 — Sculpture en ivoire : Deux petits enfants sur piédestaux en ébène et ivoire (travail du XVIIme siècle).

423 — Un anneau en forme de cœur: ivoire sculpté du XVIme siècle.

424 — Amorçoir du XVIme siècle, en corne de cerf gravée.

425 — Petit bas-relief en cuivre doré : *Pietà* (travail du XVIme siècle).

426 — Bas-relief en bois sculpté : la Fidélité.

427 — Petite gourde gravée au burin. Têtes doubles, avec devises et incrustations de filigranes d'argent et baguière en or (travail du XVIme siècle).

428 — Sept couteaux de table, manches en porcelaine de Chantilly.

— Un couteau à manche en jaspe sanguin, garniture argent.

429 — Une croix russe peinte, provenant de Sébastopol.

430 — Statuette en albâtre oriental : Marie-Magdeleine.

431 — Sous ce numéro seront vendus différents objets non catalogués.

BIJOUX, INTAILLES, CAMÉES, PIERRES PRÉCIEUSES, MÉDAILLES

432 — Petite croix du seizième siècle, en corail garni d'or émaillé. Les extrémités des branches de la croix sont terminées par des fleurons à jour en or, émaillés et ornés de quatre pierres précieuses, émeraude, rubis, diamant et saphir. Au bas de la croix, une tête de mort émaillée de blanc. Le Christ, dont la tête se détache sur un nimbe d'or émaillé, avec le monogramme à jour J. H. S., est en

or ciselé et émaillé. Sur le revers, une plaque ronde en émail, au centre de la croix, porte l'inscription suivante : *Loué soit le très-sainct sacrement de l'autel.* — Ce précieux bijou est fixé sur un piédestal en ébène sculpté, orné de légers fleurons en or émaillé ; au milieu, une niche où se trouve une petite statuette de la Vierge, en or ciselé. — Haut. totale 15 cent.

D'après une tradition cette croix aurait appartenu à Marie Leczinska, femme de Louis XV.

433 — Médaillon du XVIIme siècle. Au centre, petite miniature sous cristal de roche, représentant saint François d'Assise. Ce médaillon, sur fond de nacre, est enrichi de ciselures à jour en or et argent émaillé, et garni de brillants et rubis.

434 — Médaillon monté en or, avec intaille sur émeraude, représentant une tête barbue.

435 — Médaillon formé par une intaille sur améthyste de Sibérie, représentant une tête de femme ; monté en or émaillé de bleu.

436 — Cachet monté en or, avec intaille sur cornaline : tête de Minerve. Il est entouré de petits rubis, topazes, opale et émeraude (époque Louis XVI).

437 — Cachet en corail scuplté ; il est formé par deux dauphins accolés. La plaque en or est gravée de deux chiffres surmontés d'une couronne.

438 — Cachet en or garni d'une agate de Sibérie, gravée d'un sujet représentant l'Amour conduisant un char attelé de trois chevaux.

439 — Épingle en or. Tête de nègre en onyx, sculptée en ronde-bosse ; cette tête est coiffée d'une calotte rouge prise dans

une veine de la pierre; elle est ornée d'un collier en rubis.

440 — Épingle en or, surmontée d'une tête de lion en corail; les yeux sont en diamant (roses).

441 — Épingle en or étranger, formée par une tête d'enfant en corail.

442 — Épingle en or. Tête de monstre marin en corail.

443 — Épingle en or, montée avec un camée onyx : portrait du pape Pie VII.

444 — Mosaïque ronde, montée sur épingle en or. Le sujet représente une ruine d'après H. Robert.

445 — Bague chevalière en or étranger, avec intaille sur cornaline rouge : Persée délivrant Andromède.

446 — Bague en or étranger, avec camée sur onyx. Tête de femme casquée.

447 — Bague en or étranger, avec un camée sur jaspe entouré de pierres. Tête de jeune homme.

448 — Bague en or, avec améthyste gravée en relief. Tête de femme.

449 — Bague en or (antique).

450 — Deux bagues en or.

451 — Bague en or, avec intaille sur cornaline rouge. Gladiateur mourant.

452 — Bague en or étranger, avec intaille sur émeraude. Jupiter et Léda.

453 — Bague en or, avec intaille sur émeraude. Tête de femme couronnée.

454 — Bague en or, avec intaille. Guerrier romain (antique).

455 — Bague en or, avec intaille sur péridot (antique).

456 — Bague en or. Scarabée jaspe sanguin. Sur le plat est gravée une femme faisant sa toilette (antique).

457 — Bague en or, avec intaille sur hyacinthe, représentant un empereur romain à cheval.

458 — Bague en or, intaille sur cornaline, représentant un cerf.

459 — Bague en or, avec intaille sur cornaline, représentant un centaure.

460 — Bague en or, avec nicolo gravé.

461 — Bague en or, avec intaille sur cornaline blanche.

462 — Bague en or, avec intaille sur topaze.

463 — Bague en or étranger, montée d'un camée sur onyx. Tête laurée de romain (antique).

464 — Bague en or étranger, avec un camée sur onyx (antique). Tête de vieillard à barbe blanche.

465 — Bague en or, avec intaille sur topaze, représentant un grillon.

466 — Bague en or avec intaille sur cornaline. Amour tenant une flèche (antique).

467 — Bague en or, avec intaille sur lapis. Guerrier combattant à genoux (antique.)

468 — Bague en or étranger, intaille sur jaspe sanguin. Un taureau (antique).

469 — Deux bagues en or, avec agates.

470 — Deux bagues en or, agate et nacre.

471 — Bague en or et agate entourée de perles fines, sur fond émaillé de bleu.

472 — Quatre bagues diverses.

473 — Bague en or étranger, avec caillou du Rhin.

474 — Bague en argent (ancienne).

475 — Trois bagues en argent.

476 — Deux bagues en or, avec agate arborisée.

477 — Bague en or, avec agate pétrifiée.

478 — Bague en or, avec hyacinthe.

479 — Deux bagues or, turquoise et malachite.

480 — Deux bagues en or, opale et intaille.

481 — Plaque de ceinture, avec monture en argent doré et enrichie de trois camées anciens sur onyx et cornaline. Têtes d'empereurs romains.

482 — Camée sur onyx d'Égypte. Tête de jeune Bacchus.

483 — Camée sur onyx. Masque de tragédie antique.

484 — Deux camées sur onyx. Jeune Bacchus et Diane.

485 — Trois camées sur onyx. Têtes.

486 — Camée sur jaspe. Tête de Minerve.

487 — Camée sur onyx. Tête de femme.

488 — Deux petits camées sur agate. Vénus, Psyché et un cygne.

489 — Camée. Tête d'homme.

490 — Camée antique sur agate. Tête d'homme.

491 — Deux camées sur jaspe. Têtes de femme.

492 — Deux camées sur cornaline et agate. Têtes de femme.

493 — Deux camées sur agate. Têtes d'homme.

494 — Quatre camées sur agate et cornaline. Têtes diverses.

495 — Huit pierres diverses, camées et autres.

496 — Une tête d'empereur romain, ronde-bosse, sur cornaline rouge (travail antique.)

497 — Une tête de guerrier romain, ronde-bosse sur agate (travail antique).

498 — Pierre en corail gravée en relief. Tête de guerrier.

499 — Quatre intailles : deux sur cornaline rouge, Tigre et Amour ; une sur onyx, l'Amour et Psyché; l'autre, sur cornaline blanche, une Vestale.

500 — Intaille nicolo : Hercule combattant l'hydre de Lerne.

501 — Deux intailles : sur cornaline, Aigle, et sur agate, Mars et Vénus (antique).

502 — Quatre intailles, trois sur cornaline rouge, une sur cornaline blanche.

503 — Quatre intailles, trois sur cornaline, une sur agate : Apollon et Marsyas.

504 — Vingt pierres gravées, sur cornalines. Têtes.

505 — Cinq intailles sur jaspe et agate. Têtes.

506 — Neuf intailles sur cornaline, montées en bronze doré.

507 — Dix intailles diverses sur cornaline.

508 — Onze intailles sur topaze, cornaline et jaspe.

509 — Douze intailles sur nicolo.

510 — Trois intailles : sur agate, combat de gladiateurs ; sur lapis, oiseaux ; sur nicolo, femme tenant un bouquet.

511 — Huit intailles diverses sur onyx, cornaline et agate.

512 — Agrafe orientale en cuivre, ornée de cabochons cornaline et jaspe.

513 — Dix-huit topazes de Saxe.

514 — Quatre aigues marines.

515 — Onze grenats.

516 — Neuf améthystes.

517 — Trois cabochons et trois saphirs.

518 — Neuf hyacinthes.

519 — Débris d'émeraudes.

520 — Six péridots.

521 — Lot de pierres diverses.

522 — Sous ce numéro seront vendues plusieurs médailles en bronze et argent des XVe, XVIe, XVIIe, XVIIIe et XIXe siècles, frappées avec les coins de la Monnaie.

523 — Sous ce numéro seront vendues quelques médailles romaines et grecques en bronze et argent.

524 — Sous ce numéro seront vendus plusieurs objets non catalogués.

BRONZES ET OBJETS MOBILIERS

525 — Deux groupes en bronze à cire perdue du XVIIIe siècle: Neptune et Éole enlevant une nymphe. Ils sont montés sur piédestaux en bois doré.

526 — Deux bronzes à cire perdue du XVIIIe siècle : Bacchanales d'enfants (genre Clodion).

527 — Hippomène et Atalante. Bronze à cire perdue du XVIIIe siècle. Ils sont montés sur un socle en marbre vert antique, avec soubassement et plinthe en cuivre doré.

528 — Deux petits bronzes: Bacchus et Antinoüs, montés sur socles en marbre blanc.

529 — Deux bronzes à cire perdue du XVIIIe siècle montés sur socle en ébène: Léda et Une femme drapée.

530 — Une paire de flambeaux Louis XV, en bronze argenté, à trois branches (argenture ancienne).

531 — Une paire de chandeliers Louis XVI, en bronze doré et marbre blanc.

532 — Grand cabinet et son support en laque noir, décor à relief en or. Les charnières des portes, entrées de serrure et poignées sur les côtés en cuivre gravé et doré ; l'intérieur, avec de nombreux tiroirs, est laqué noir et or en relief.

533 — Grande table, carré long, dessus en marbre mosaïque, échantillons de marbre d'Italie.

534 — Grande table Louis XIV, avec dessus en marbre de Portor.

535 — Grande et belle glace, d'un seul morceau, à bordure de feuillage en bois sculpté (époque Louis XV).

536 — Glace de Venise à biseaux; bord et fronton en glaces teintées de bleu (époque Louis XIII).

537 — Trois petites glaces biseautées.

538 — Deux fûts de colonne en granit gris de Sicile, avec leurs chapiteaux et la base en marbre blanc d'Italie. Haut. 98 cent., diam. 31 cent.

539 — Sous ce numéro seront vendues plusieurs vitrines et bibliothèques vitrées.

www.ingramcontent.com/pod-product-compliance
Ingram Content Group UK Ltd.
Pitfield, Milton Keynes, MK11 3LW, UK
UKHW021016180726
13838UKWH00004B/1560